EL VIVIR

es un

POEMA

Sanar al Amor con el Amor

Elfego Eligio Cabañas

El Vivir es un Poema. Sanar al Amor con el Amor

Si te ha gustado algún poema y quieres interactuar con el autor, puedes contactar y participar en las tertulias de Eligio **"UN CAFÉ CON SABOR A POESÍA"**.

INFORMACIÓN

DEDICATORIA

Dedico este libro a todos los poetas y creadores del mundo y a quiénes han sido tocados por las experiencias hermosas de la vida y el amor.

También para quiénes en este camino les ha tocado llorar y curar sus heridas descubriendo que la sanación está en el amor de sí mismos.

A mis padres, a mis hermanos, a mis hijos e hijas.

Con todo mi amor.

Elfego Eligio Cabañas

Nació en Chiaucingo municipio de Cualac Guerrero, México en 1962. Realizó estudios de docencia para el medio indígena y se desempeñó como docente bilingüe de Educación Primaria, esta actividad le facilitó escribir cuentos y canciones infantiles.

Colaboró en el Programa Atención Primaria a la Salud en zonas marginadas e indígenas de México, durante la cual recuperó el acervo de conocimientos ancestrales de las plantas que curan y ayudan a mantener la salud humana. Fue dirigente sindical del magisterio de la Sección XIV del SNTE en Guerrero y cofundó la Coordinadora Regional del Magisterio Democrático en la Montaña.

Estudió la Lic. En Psicología y la Maestría en Psicoterapia Humanista, hizo diplomados en terapia de parejas, familia y de la sexualidad humana, se diplomó también en Alphabiotismo Quántico y Ho´oponopono.

Es fundador del Instituto Universitario de Psicología y Educación Integral –IUPSEI- y del Centro de Psicoterapia y Alphabiotismo Quántico -CPAQ-. Es miembro de la Brigada de Ayuda Humanitaria para los grupos vulnerables y en casos de desastres naturales.

Su actividad profesional y personal actualmente la centra en la docencia universitaria y en acompañar a las personas, parejas y familias en diversas situaciones de carácter relacional, psicológico y emocional.

En la última década se ha dedicado a vivir, investigar y escribir en lengua náhuatl y español.

Es amante de la naturaleza y del cuidado del medio ambiente.

Más información sobre el autor en los enlaces de contacto.

Enlaces de contacto con

Elfego Eligio Cabañas

Instituto Universitario de **Psicología** y **Educación** Integral. **IUPSEI**

Centro de Psicoterapia y Alphabiotísmo Quántico.

Facebook:

https://www.facebook.com/Eligiocab

Instagram:
https://www.instagram.com/eligiopoemas/

Canal de YouTube

https://www.yotube.com/channel/UC5HR2elYjD-xmGMtMpkpF8Q

Correo: eligioc590@gmail.com

Sobre el libro

Hay muchos modos de como se puede decir cualquier tema. Importa mucho lo que se dice y el cómo se dice. La poesía es una de estas formas de expresar un acontecimiento económico, político, emocional o social. Como en muchos casos hay poesía comprometida y otra no, hay poesía libre y otra no, más no importa mucho eso, importa que haya poesía para todos los paladares.

Vivimos una época en la que aparentemente no hay guerras mundiales y el progreso científico y tecnológico se ha puesto a la vanguardia de la dinámica de la existencia humana y quizá haga falta una reflexión, sobre si, este desarrollo en la vida de las personas, beneficia o por el contrario está introduciendo silenciosamente una dinámica y estilo de vida poco saludable.

Un libro de poemas no va a resolver la situación económica, social, cultural o política de ningún país, sin embargo; expresar a través de las letras y todas las artes el sentimiento sobre todas esas cosas, no solo resulta saludable, sino incluso necesario para evitar la explosión social en otras formas poco adecuadas.

El poder de la palabra es extraordinaria y tiene dos aristas a saber: el sentir de uno mismo y el sentir social que se correlacionan. Podemos cantarle a la alegría, al amor, a la vida o a su polaridad, la tristeza y la muerte.

A través de un poema se puede expresar la experiencia de vida personal y social, promover la paz y el amor, vivenciar la existencia.

En este libro, cada poema trata de develar la profundidad de ese otro mundo emocional, psicológico, espiritual, social y al mismo tiempo lleva implícita la invitación a reflexionar sobre nuestra vida y existencia, sobre del cómo y el paraqué de nuestros comportamientos.

Más allá de la crítica, que es bienvenida, pretende ser un pretexto para la conversación y diálogo, la convivencia, sobre los distintos temas que se abordan. No pretende cambiar a nadie, sino compartir de esta forma una historia de vida.

Un poema no te curará el cáncer; sin embargo, *si tu vida la haces un poema de amor, de alegría y de paz contigo mismo y el universo*, seguro que experimentaras mejores y más agradables momentos. *¡Exprésate! ¡Vivénciate!*

El Vivir es un Poema. Sanar al Amor con el Amor

.

Eternidad y tiempo

La eternidad es un tiempo

que termina demasiado pronto,

el tiempo es una eternidad que nadie tiene,

solo los amantes lo prefieren

y se les escapa de las manos

cuando se entretienen.

Relación

Igual que todo lo que hay en el cosmos
la persona es ante todo relación,
Nada ocurre en el abismo de la soledad
Aunque le cantemos una canción.

Todo se transforma y no por la razón
 Si, a través del lenguaje, la imaginación
La creatividad y el corazón.

Cuando partiste no entendí tus razones,
Si hubieras dejado que hablara el corazón
aún estuviera escribiéndote canciones,
orando en tu templo con devoción.

Todavía estaría pintando tu silueta,
pero solo añoranza dibujo en mi tablón,
romper parece simplemente simple,
a veces, lo simple es difícil.

De viaje

Cada tramo del camino
grita tu nombre cuando paso,
tus ojos me ven en esas plantas
de cuachalalate y encino.

En cada roca veo tus manos,
tu curiosidad secreta,
el deseo como lapsus consumando.

Eres una huella de color en mi camino
estas en todas las figuras de mis pasos
te siento en los derroteros del destino
solo me falta tu olor
para mis ratos.

El cielo está mirando
y solloza cuando me ve sin ti
caminando.

Para empezar

Lo primero es estar aquí y ahora,

Luego ya se puede elegir la forma de actuar,

sin importar la situación vigente.

Importa el cómo te acomodas y sientes,

tal vez te sientas insuficiente,

como si Dios te hubiera soltado.

Es natural en crisis sentirse desgraciado;

sin embargo, es una oportunidad

darse cuenta como corre la energía,

que en tu interior hay un poder

que puede diseñar y construir

una realidad diferente.

Eres parte de este universo

y la conciencia universal,

está aquí presente.

Poseído

Tu mirada una esperanza

que me ruboriza al dibujarte,

eres la figura del fondo

 en que te proyecto.

Tu figura vibra junto a mi pincel,

sacude todo el firmamento

y me posee sin esfuerzo,

mientras tus hojas en un vaivén

danzan con toda la vibración del universo,

alivian mi alma.

Poseído me quedé en el tiempo

con espacio de más para dibujarte,

construir el monumento de tu cuerpo

y sin miedo amarte.

Al fin, decido andar tu amor sin prisa

el reloj guarda nuestro tiempo,

imprime tus huellas en la brisa

báñate de mi poema

que sabe a cielo.

Nacimiento

Al llegar por estos rumbos

No leemos el manual de funcionamiento

físico, mental y espiritual.

Como autómatas comenzamos a movernos,

a veces acertada, otras equivocadamente,

ingerimos palabras, mensajes, movimientos,

creencias, gestos de quienes nos acompañaron

en cada paso en cada momento,

en cada estirón.

Y sin previa escuela corrimos,

Sin música bailamos,

Sin guitarra tocamos,

Y sin tener el mapa completo de la vida

Vivimos.

Tú estás aquí. Yo conmigo.

Soy de maíz

Yo vengo del maíz,

del país del barro cocido/

por eso mi color es como la tierra,

es blanco, negro o amarillo.

Yo vengo del libro

que no leyó mi padre/

pero que habla con la tierra

de lo que sabe.

Crecí entre el follaje de la milpa,

entre el polen de trigo,

flores rojas y amarillas

regadas por el cielo.

Yo sé cómo duermen las semillas,

como despiertan y se hacen fuertes,

coquetos y eróticos los maizales.

La tierra sabe que no soy un taciturno forastero

que sé envolverme con la lluvia,

bañarme de su olor hasta tenerme.

Así me quiero.

La locura lo cura

Si no puedes hacer otra cosa

alocate un poco y cuenta un cuento

o canta una loca canción

y que tu locura loca, cure la mía,

cure mi corazón.

Si no puedes venir

quédate conmigo como el viento,

en el universo de mi imaginación

esta noche sin vaivén que lamento.

Esta noche estarás sola conmigo,

en la desnudez de mi pensamiento,

sin tu constructo moral

que se hace añicos con el tiempo.

Si no puedes venir, quédate un tiempo

sin lo que eres en tu iglesia de sufrimiento.

sin otro Dios que te cuide

mi regazo es buen amigo,

y tu locura la quiero conmigo.

El Vivir es un poema

El vivir es un poema,

Cada experiencia es un poema de vida

Es catarsis para llorar y reír,

Son momentos de alegría o de pena

de tristeza de la que a veces se suele huir.

Es patético que sufras por alguien,

que un poema contigo no sepa vivir

y tu prisa ciega, llegue a otro

su sueño a interrumpir.

El poder del amor

es bálsamo para el alma,

no puede causar dolor

si dentro de ti hay paz y calma.

Aprender día a día a vivir con uno mismo,

es una caricia a la existencia,

saberse libre en compañía

es para el alma el mejor concierto

 y melodía.

Elfego Eligio Cabañas. https://www.facebook.com/Eligiocab

En el Tepozteco

Eres un poema sin rima,

como el beso furtivo y vehemente

en las escalinatas de la cima

aquella vez en el viejo Tepozteco.

Mi cuerpo tembló en la subida

y la emoción movió hasta la tierra

que habitaron mis ancestros,

no tenía canción para la sorpresa

ni para tus furtivos besos.

Las horas pasaron sin tiempo

bajo las nubes de muchos nombres,

entre los montículos de rocas

y otras almas jadeantes.

Comulgaron sin palabras nuestras bocas,

tanto que no terminó de escucharte,

Tu erótica rebeldía proclamó mi aliento,

pariste un sueño sobre la historia de otros

tiempos, como la pirámide mexica

de mis ancestros.

Vuela mi poema con incertidumbre,

cual jilguero mi deseo,

quiere posarse en la dermis de tus hojas

sin que lo atrapes y lo hagas preso.

Venturosas las almas que se atreven,

no sufren ni lloran, sólo escalan

y alcanzan la cumbre,

danzan el deseo sin tiempo,

ríen aquí y ahora.

Quizá

Quizá hacerme entender no sea fácil

pero si vienes con tu ser, con eso basta.

Quizá un día o una noche vistas de primavera,

vengas con tu naturaleza sola,

desnuda, traviesa.

Quizá no hagan falta los brillantes del oro

¿dónde se compra el amor sin adjetivos?.

Esperaré que llegues sin prisa

simplemente contigo

esperaré solo conmigo.

Quizá se pueda construir un espacio

fabricar un amigo, un amor,

quizá una duda, una probabilidad

un…

Fantasma

Como no hay otra forma de acercarme
te escribo y te dibujo con mis ojos,
ahora te he dibujado el ombligo
y unas alas del tamaño del deseo,
para que vueles conmigo.

Te pintaré una cola de locura
Para acercarme más a tu *nagual*,
es que quiero pincelar tu hermosura
o amarte que es igual.

Cuando quiero molestar te escribo,
para hacerte presente te dibujo,
solo en la locura puedo verte
fantasma de otro mundo.

Fantasma de la noche,

ángel caído que salvas el deseo,

misterio de todos los mundanos

belleza de mis sueños vanos,

de mis pensamientos.

Ven si puedes,

quiero dibujarte,

¿quieres?.

Pensativa

Escribes pensativa

y has conocido mi tronco,

mis raíces, mis ramas y flores

no tengo más que mostrarte,

estos son todos mis hermosos retazos,

las vísceras secas de mis recuerdos,

lo que ayer fui/ lo que soy ahora

y seré mañana,

No le niegues expresión a tu alma.

Email

Tienes cierta sustancia adictiva

que altera mis pensamientos,

te escribo deseando lo mejor contigo,

un abrazo te mando

preñado de cariño.

Puedes contar conmigo lo sabes,

cuando el cielo se cubre por altocúmulos

que opacan la luz de algunos ratos,

o cuando la tormenta rompe el arcoíris

de tu pecho y el cielo llora por tus ojos.

Toma mis manos llenas de pinceles

y dibuja tu sueño cerca del mío,

 no hay colores malos, sólo colores,

sólo nubes con muchos nombres

como los cirros con su mechón de plumas.

Mira alto y no te quedes

a buscar la perfección que no la tienes.

¿Dependencia?

Te necesito tanto como tú a mí
como el lirio el agua,
sin embargo, puedo prescindir de ti
vivir aquí y ahora.

Aunque me llame tu aroma
y me empuje el deseo.
Te quiero tanto para hacerte sombra
Aunque sufra mi ego.

Es mejor estar sin consumirte
Llevar un diario estético de reinventarnos
juntar nuestras miradas sin juzgarnos
mis labios, cuerpo y sexo compartirte.

Si emprendieras tu vuelo algún día

será   que no hay alpiste que darnos

ya sin poemas, la vida lastimamos.

Únicamente en este momento

a otro horizonte se vale asomarnos.

Del brazo quedan nuestras miradas

 para honrarnos.

Para ser

¿Cómo hacer para ser como somos?

¿Qué hay entre nosotros que nos hace tan

perfectos, tan diferentes, tan necesarios?

Eres como la luna y yo el universo

juntos en una sonrisa, una idea,

una causa, un beso,

una concurrida asamblea.

Una noche de luna quiero

sin estrellas que roben los brillantes

del firmamento de tus labios,

tu movimiento, tu misterio.

Juntos se puede ser como somos,

sonrisa, amor, pasión, vida,

camino, lucha,

puede ser, o…

Amarte

Mi hazaña es amarte

sin el dolor absurdo del amor,

antes que tu razón vuele a otra parte

o la brisa me robe tu corazón.

Quiero amarte aquí y ahora,

antes que el alma caiga en pedazos

triturada por el juicio de esta hora,

amarte a la medida de mis pasos.

Amarte sin perpetuar nuestro linaje

con lo único que soy y tengo,

tu resurrección y la mía

ya ha encarnado.

Absurdo es luchar para amarte,

mi hazaña es un hecho voluntario.

para qué romper la esfera y poseerte

si se puede estar bajo la mirada de la luna.

 No quiero perturbar tu sueño,

si no todo lo contrario.

Quiero contemplarte como el universo

y quedarme en el ritual

con mucho empeño.

Lo entiendo

Puedes ir tras lo que quieres,

no renuncies a nada por mí,

tu imagen estará conmigo

aún después de que la luz se apague.

Cuesta trabajo conocernos

cuando tenemos que mirar

el mundo que llevamos dentro.

A veces sin darse cuenta,

lo entiendo corazón, lo entiendo.

Digo que la locura lo cura,

y una bella vida sin nombre

acaba cuando se nombra.

Si el corazón quiere puede seguir

sin más límite que el estar y vivir,

cocinando deseo y completud.

Cuando la música se vuelve silencio,

y la compañía debuta como desprecio,

lastima y enferma toda poesía,

Muere hasta el más hermoso verso…

Fortaleza

Dices que me amas,

eso es extraordinariamente grande

que me da fortaleza.

Igual que la música clásica

o el "Rock and Roll"

de gran belleza.

Si abres tus brazos y me dices te quiero,

Si caminas mis pasos y yo los prefiero

Mi fortaleza se vuelve de acero.

La vida son muchos sueños,

haz realidad uno y tendrás fortaleza,

si quieres un club, cuenta conmigo.

La mentira no da fortaleza

Es una ilusión pobre y perversa

Te llevará a la frustración y a la tristeza.

Lo mismo le pasa a tu corazón,

si no le ofreces canción verdadera,

su esencia y divinidad vuela.

Somos seres universales únicos

y comprenderlo nos da fortaleza,

También ser nosotros mismos

es una grandeza.

Amar lo obvio, lo simple,

lo verdadero, da mucha energía,

un abrazo es un tesoro de vida.

El amor no es nada complejo,

vivir tampoco y es tan simple

que al lograrlo nos da fortaleza.

Aprendimos hacer complejo lo fácil,

hacer difícil lo simple,

Condenar las cosas agradables,

aceptar como bueno el sufrimiento.

Es tu turno construir tu fortaleza,

Cambiar el paradigma de tu vida,

Ama la belleza,

La vida.

Tu luz

Comparte tu luz y abre mis ojos,

Quiero ver donde tú miras

Comprender lo que tú sabes

Alócate, alócame,

que quiero curarme.

Compárteme tu luz para saber de mí mismo,

me enfada el escepticismo y su razón

que gasta sus días con miedo,

Yo tengo mi fe y mi corazón.

El cariño y el amor son mi pasión,

No está en los años que me siguen

si no en la certeza del poema

y el latir de mi corazón.

Sin nada que perder vivo

el espíritu y el alma en flor,

frente a los vendavales sigo

mi poder es el amor.

Tú aquí. Yo sigo…

Protagonista

Eres de tu vida el protagonista

aunque no lo sepas

aunque no lo quieras.

Evita la huida

deja que tus células dancen

con pasión, no hay otra salida.

Deja que se exprese el amor.

Tú eres el director de la trama,

de tí dependen todas tus cosas

basta de vivir con temor.

El poder vive contigo,

Tienes todos los atributos,

pero eliges ser víctima o mendigo

y sigues corriendo con exabruptos.

La muerte sus rostros

No sólo la panza sufre por la pobreza,
también el alma por falta de hermandad,
por la mezquindad asesina
la soberbia y vanidad.

No sólo de hambre matan a los más,
también mueren de amor
olvidados, excluidos
marginados.

No solo los bombardeos roban vidas
también la desigualdad y la injusticia
la obsesiva sed de algunos
la avaricia.

Los que sobreviven, beben su resistencia

mirando por los siglos de los siglos

una esperanza en su andar,

a pesar de la ceguera en las alturas

no cesan su caminar.

Los del color del barro

hacen parir la tierra para estar vivos,

y se bañan de sudor sobre ella,

todas la tardes tropicales en verano,

tienes noches sin estrellas.

Ya no recuerdan la edad de su hambre

no saben de qué color es la justicia,

la frialdad de arriba, roba su gloria

Socava su alma, su cuerpo,

sus sueños.

Vigilancia obcecada

Vigilas mis pasos

con ojos de rabia en la oscuridad

de tu conciencia.

Asedias cada paso de mi andar

y quieres tragarte mis palabras,

a mis seres queridos odias

enemigo de la vida.

Entre tus garras quisieras

tener mis uñas, mi hombría,

romper mis costillas, mis tímpanos,

mi sexo.

Vaciar tu veneno en mi alma

hacerme sentir la agonía más larga

golpear mis huellas sin lástima,

lo quieres, lo sé,

pero no te diré nada.

Sacias tu felonía escupiendo mi rostro,

me escondes la tierra mía,

estando herido y con los ojos vendados

en la mazmorra clandestina,

pestilente y fría,

subterránea, inhumana.

Las ramas de mis brazos cortas uno a uno,

deshojas la flor de mis palabras;

pisas mis ideales como pétalos

y se te escapan con gritos desgarrados,

¡pueden castrarme si quieren!

comerse el fruto de mi hombría,

inútiles cobardes /

y no conseguirán detener la vida.

El odio no puede matar la esperanza,

el poder del amor nunca muere,

los verdugos y opresores si,

los muros del apestoso sistema también.

Pueden dispersar los pájaros,

Y destruir sus nidos,

incrementar la casta de cobardes

hacer un festín con mis retazos,

ahogarme en la tortura con mi sangre

pero jamás la libertad y la esperanza,

el sueño, de un nuevo mañana.

Pasarela

La vida es una pasarela/

acaba donde el guion le toca a la muerte,

mientras tanto, puedes reír, cantar, llorar,

si te apetece sufrir, sufre

y si ser feliz prefieres haz el amor,

comparte tu risa, tu alegría,

tu turno y tu razón existencial

está asignado sin error.

¿Para qué cuentas tus pasos?

¿para qué guardas tu risa y tu alegría?

los abrazos y los besos

que no has dado,

Se irán un día.

Por asalto

Tomas por asalto mis sentidos

y me reduces con un simple   te amo,

hurtar mi aliento quieres

para que me lo debas.

Hacerme tu prisionero ansías

y celas mis pasos con alevosía,

rompes el umbral del miedo

y te sientes segura si me amas

aunque no lo debas.

El oficio de abrazarme te fascina,

pulir mi cuerpo, comerme a besos

pero no me tienes.

No quiero ser prisionero

de tu pasión / tu hambre

tu locura.

Los ángeles de amor vienen del cielo

deja que te tomen por asalto

y te lleven a la gloria sin resabios,

no te empeñes a tener uno

en tu santuario.

Amor divino

El amor existe, no es un fantasma,

está en los corazones,

en la risa del niño,

en el consejo de los mayores,

es una corriente de energía interna,

no depende de lo externo,

es la luz que vive dentro.

No camina junto al miedo, ni la apatía,

ni comulga con el odio, ni el resentimiento,

el orgullo, la vanidad, el sufrimiento,

el amor es un poder divino.

Es la belleza dentro de ti,

El regalo más hermoso

que el universo te ha dado.

¡Ah, el amor!

Hojas de cristal

Tu silueta de perfil es mi figura,

Te dibujo sobre mi tabla que es fondo

 vibrante como el sol en primavera,

corola de amor.

Mi pensamiento busca el rincón perfecto

donde puedas reposar,

mis temblorosas manos pincelan

cada parte del mapa sin tu edad.

Tu contorno, dibujo tu oquedad,

los relieves de tu mapa, tu bondad,

Mi pluma tiembla y nada hay que parar.

Dibujo la lluvia y el río del deseo crece,

el olor, la humedad me acosa,

mi niñez corrió a mi deseo adolescente.

el agua mojándome está.

No hay que nadar contra corriente

si el dique se ha desbordado ya,

sigamos su curso para llegar.

Mi pincel, tu figura no quiere acabar,

La tarde parece despedirse,

el viento se apresura te quiere saludar

y Yo quiero bajar más seguido

a la profundidad.

Sin arrepentimiento hay que vivir la vida,

mientras te dibujo desnuda como estás,

abandónate no resistas más la corriente

coge mi mano / bebe mi éxtasis

y vamos ya.

Regálame tus ojos para alumbrar mi noche,

Tus manos para pulir tu cuerpo,

un simple destello para continuar,

esta historia de amor

va a repetirse sin parar.

Quiero dibujarte siempre hasta terminar,

cuando estoy cerca de tu ombligo,

la prisa me hace mal,

mi paciencia es como mi tinta,

difícil de agotar.

Con cada pincelada te veo más hermosa,

Envidiablemente escultural

Quiero repasar tu cuello, tu espalda,

Tus pechos y cerrar esta Gestalt.

Nada es para siempre.

Si me amas, no me ames

es patético que sufras por mí.

Mi poder, sólo alcanza para mí,

no puede afectarte aunque te ame.

Somos seres diferenciados

y cada uno aprende a ser aquí y ahora.

Somos necesarios y nadie imprescindible

Cada uno debe bastarse así mismo.

Vale aprender a dar y recibir

florecer los sentimientos sin quedarse.

La felicidad debe ser una forma de vida

No una meta programable.

Es hermoso haberte conocido,

compartir el néctar de tus labios,

disfrutar el concierto de las aves,

las caricias del agua y el viento,

sin resabios.

Pero si deseas partir no diré nada

ya aprendí a soltar y seguir la danza de la vida.

Con el tiempo se aprende a ver lo bello

a sabernos transitorios y apreciarnos.

Ni tú ni Yo

Podremos borrar el mapa de nuestros cuerpos.

Olvidar los pétalos en el iris de tus ojos,

la rosa de tus noches.

Al final nos damos cuenta

que todo viene y se va, el amor y la vida.

Nada es para siempre y…

Sueños escapándose.

Asustas mis sueños

Si juegas al mismo tiempo dos partidos,

sabiendo que uno ya está perdido,

el otro moribundo y sin sentido.

Para qué quiero un enemigo

que abomine con todas sus fuerzas

y quiera estar para reñir conmigo

cuando ya vengo vencido.

Puedes partir ahora si así lo quieres,

como eres silencio no digas nada,

sólo tómate y márchate

me basta esta pasada.

Nunca tuve dardos contigo

solo un corazón hecho pedazos

una mano extendida de amigo

que temblando mostró sus retazos.

Un suspiro tiene mi alma,

y hace mucho frío abajo del corazón,

no hay brazos ni abrigo

ni la más triste canción.

Márchate cuando quieras

No digas nada que salga sobrando,

frente a ti está el mundo

la libertad y el asombro, esperando

¡Márchate!.

Si te quedas por desdicha,

cargarás mis hojas quemadas,

mis ramas secas y mi tallo moribundo

será tu cama lastimada.

Si te marchas nada habrás perdido

No renuncies a nada por mí.

Gracias por los momentos hermosos

Por el pedazo de cielo que bebí.

Nada te ata a mí

nada me debes, ni yo a ti.

Mis ramas aún no florecen,

pronto podrán sostener frutos de cariño

y mis lágrimas se irán poco a poco al río.

Nadie sabe cómo vuelan los sueños

Es una lástima que este se haya escapado

como golondrina en verano

Sólo tú— sólo yo

sueño escapado.

Lo siento

Siento que estés cansada de mi

de no ser como tú quieres

de la diferencia entre tú y yo.

Siento que estés cansada

y quieras con desgano,

pesa arrastrar el pasado.

Aunque puedes elegir no hacerlo,

Siento que estés cansada de ti

de mí, de lo que llevas dentro.

Siento que hayas matado la esperanza

Que la sombra sea y la luz se esconda,

siento que tu ira desbordada

frustre la felicidad, tu risa.

Tu vida. Lo siento.

Lamento

Aprendiste a lamentarte y quejarte

llorar y manipular,

elegiste el camino más letal.

Lamento que una experiencia

haya podido oscurecer tu cielo

y no puedas mirarte.

Lamento que hayas extraviado tu sueño

Que prefieras aventar   la culpa al vecino

Cuando ves pisadas en el camino.

Eres tú quien ha venido tarde

Con los ojos vendados, vencido

¿Dónde dejaste tu sentido?

¿Dónde va quien está perdido?.

No necesitas poseerlo todo para cuidarlo

ser dueña del mundo para protegerlo

Necesitas quitar esa maraña

de tu mente y tal vez puedas amarlo.

Tienes algo muy tuyo aunque no lo percibas

Búscalo dentro de ti,

es grandeza, amor, cariño, virtud,

 valor de ser y hacer.

El mundo exterior es parte de ti,

no tiene ningún poder ni fuerza

puedes necesitarlo alguna vez

 y no te determina,

lo que eres no depende de eso,

si no de lo que hay en tu alma,

en tu corazón.

Solo eres dueño de tus sueños.

El protagonista

Eres el protagonista de tu vida

Aunque no lo sepas

Aunque no lo quieras.

evita la huida.

Es cierto que te confunde tu historia

Se hace aburrido contarla una y otra vez

Y conservarla intacta.

De ti depende todas tus cosas,

aunque te creas insuficiente,

y te hagas la víctima.

Deja de culpar a los otros de tu desdicha

a tu cónyuge de tu infelicidad,

la economía de tu condición social,

al panadero de tu exceso de peso.

Tú eres la suma total de las opciones

 que has adoptado en la vida.

de tus sentimientos y emociones.

Eres responsable aunque te resistas,

de tu existencia hazte cargo,

quítale una pluma al mundo.

Mariposa callada

Te sueño desnuda de tus creencias

sin ser tu misma sombra

mariposa callada, reina del silencio,

luz de noche en mi almohada.

Te veo desnuda sin mis ojos

y te contemplo con mis manos,

recorro tu contorno de luna nueva

mientras tú vuelas con mi sueño

y te enamoras del silencio

sin nombre.

Te sueño desnuda sin alas,

 mariposa callada

y te miro con mi piel completa

palmo a palmo hasta que vuelas

y te bañas de sol, lluvia,

 bondad, ternura

besos de espiral profunda.

Yo acaricio una esperanza húmeda

juego con mi fantasía,

despierto…

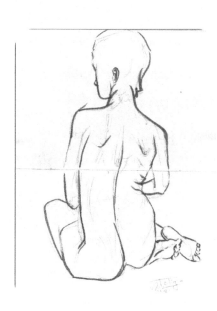

Una carta

¡oye! Espera, ¡no te vayas!,

Sin pasar tu mirada por este papel

solo quiero decirte, tres palabras

_ no soy cruel   ¡ya no sufras!

No apures más tu corcel.

Hablarte de amor sale sobrando,

te quiero mucho, lo sabes.

te llevo en la piel hermosa chica

linda ojos de miel.

Me hostiga la injusticia malsana/

espanta mi sueño el trueno soberano/

acechan mis pasos ahora mismo

aquí y allá no dan cuartel.

Tiñen de rojo los ríos

donde brota una esperanza

una canción, un poema,

no se puede amar con calma,

hace falta un fusil para quererte

y para amarte una batalla.

Por eso elegí ser tu sombra,

para caminar contigo en la noche

en silencio cogido de la mano

y sellar con un beso tu reproche,

tal vez lo comprendas.

Decisión

Esperar tanto,

un día como otro

resolví quedarme,

esperar, encontrar,

quedarme y encontrar,

la realidad no es un reto,

quedarme, sentir y quedarme,

creer si existe,

decidí quedarme,

quedarme y encontrar,

es fácil estar frente a uno mismo.

De pronto

De pronto me descubro

gritando ¡ayúdame! ¡Nadie me entiende!

¡Nadie me escucha! ¡Nadie me quiere!

¡La vida no tiene sentido!

fumando una pipa, limpiando mis lágrimas

en un rincón cualquiera de la vida.

De pronto me descubro yo mismo

Loco corriendo tras otro igual,

nada tiene sentido – piensan-

un loco no puede darle sentido a nada

es un cadáver sin aliento

corriendo sin rumbo.

Va por ahí llorando sin lágrimas,

mirando sin ojos,

con su voz sin viento.

Descubro que vivir tiene sentido,
que vale la pena la vida, solo hay que atreverse,
dejar de hacerse el loco
la víctima.

Detener la carrera culpígena
la competencia adicta por lo estúpido,
cuesta trabajo estar sosegado
cuando se es un desgraciado,
o un lobo detestado
y vale quedarse consigo mismo.

De pronto da pena verse
compitiendo, ganando, demostrando, retando
peleando, envidiando, maldiciendo,
con un miedo terrible a saberse sin máscara,
reconocerse un poco, mirarse las víseras,
vale la pena moverse, cambiar,
renacer como el águila.

La cima

Tratar de llegar a la cima es una locura,

 no se puede agujerar el cielo.

si necesitaras más altura

sale cara la supremacía.

Es asequible saber que vives

auténtico, libre como el aire,

paciente como el mar,

brillante y candente como el sol,

si llegas a la cima no querrás estar allá

es mejor caminar, caminar, caminar.

No hay que tratar de sobrevivir, sino vivir,

bailar la pieza llamada "vida"

reír, gozar, arrancarle un pétalo a la rosa

dejar de llorar. grita ya ¡basta!.

Adiós fantasmas de miedo,

adiós tirantez patética

orgullo necio,

cobardía flácida, adiós.

Salir al mundo con todo,

que los rayos de tu pelo alcancen la tierra

y que tu grito se escuche lejos,

no dejes que los que no sueñan

 te hagan dudar.

Así era

Aferrado a la montaña,

asiduo de la tierra, necio de su gloria,

cerca de su Dios.

Estaba frente a la tormenta,

gallardo y resistente,

anunciando la victoria

y desafiando la muerte.

Surcó el cielo de su historia,

viviendo para morir

y morir para seguir viviendo.

En la tormenta de verano,

dibujó su sonrisa,

nos llamó hermanos.

Firme, valiente, dispuesto,

con la consigna perseguida en sus labios

el manifiesto en sus manos,

repartió octavillas de amor

y esperanza. Así era...

Ver o no ver

El amor es una belleza

pero lo bello no siempre es amor.

Ves oscuro y deseas claridad

pero no siempre lo claro es verdad

ni lo oscuro su polaridad.

Ves la risa y el llanto

y no siempre la risa es felicidad

ni el llanto su disparidad.

La doncella por ejemplo, es hermosa

en su carruaje y su ropaje de rosa,

pero es el ropaje lo bello

no la otra cosa.

Epístola a la nada

Como empezar mi epístola

si ya te pertenece

te quiero y no quiero decirte nada

Sé que no existes no eres nada

que puedo decirte de la nada

del no ser ni existir

de no estar.

Te escribo solo por nada

porque después de ti y de mi

lo que quede es nada.

El recuerdo es algo y nada

el espacio y el tiempo sin ti

tampoco..

No puedo vivir sin ti

Querías caminar siempre de la mano
tener en todas partes mi compañía,
a eso se reducía tu vida.

Sin ti amor -no tiene sentido la vida-
¡necesito que estés aquí!
de noche y de día -dijiste un día-
y me dio miedo.

Empecé a temblar de angustia
me dio comezón la barriga
quiero un hijo -dijiste-
y ya no veía la salida.

¡Sin ti no sé que haría!, tu canción favorita.

traté de que existas por ti.

Que no me vieras en las pequeñas cosas

ni en los grandes proyectos.

Era asfixiante -el no puedo vivir sin ti-

no pude, no quise, gracias.

partí.

Quiero

Quiero sentir la flama de tu amor,

beber el néctar de tus besos,

caer abatido entre tus brazos,

y bañarme de tu olor.

Te quiero junto a mí

para cerrar tus ojos, yo los míos,

hacer la melodía de amor

y danzar hasta saciarnos.

Quiero estar cuando vengas

corriendo a beber mi esencia

con tu esencia y quedarnos

como dos.

Espérame un minuto

El minuto más grande que conocí

fue aquella espera

cuando dijiste que vendrías,

—espérame un minuto— dijiste

y paso una hora, luego un día, una semana,

un año y se acabó el siglo

y nunca llegaste.

Al fin supe que el tiempo es relativo,

que un minuto puede tardar toda la vida,

de ese minuto me hablaste,

como no lo sabía

deje de esperarte.

Juventud

Pocas cosas me había dado la vida,

mi niñez aún no me dejaba,

a corretear mariposas por el arroyo,

y por las veredas jugaba.

Pocas palabras había aprendido,

para nombrar los sucesos de mi cuerpo

no sabía de amor y sexo,

ese mundo estaba vedado,

pero mis impulsos y emociones

no tenían candado.

Llego mi juventud y me derramo en ella

como un licor airado,

como la sangre de mi caballo,

como el sudor en los muslos de una mujer

de miembros ejercitados.

Mi juventud no tiene límite ni fallo

trota y relincha como mi caballo.

Estuve ciego no puedo ver mis pasos,

si los viera, haría un alto,

pero en mi búsqueda de algo,

no supe de la espera, de la sensatez

y reventé con mi caballo.

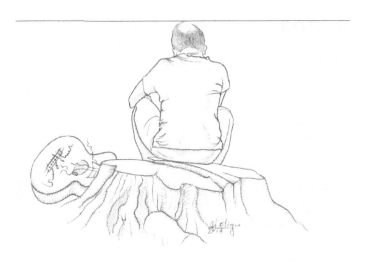

No lo creo

Te palpo y no lo creo
que estás aquí a mi lado,
en ésta noche fiel y cómplice
del embrujo de los destellos
de tus ojos.

Como si no te conociera
te toco, siento tu latido,
repaso tus manos y sin embargo
no te reconozco todavía.

Es tu olor igual que tu regreso,
será porque cruzaste el océano
provocante, sugestiva vienes
con tu brisa izas mis entrañas
hasta que vuela mi deseo.

Beso tu misterio, no es por osadía
Te extrañé y te quiero todavía.

No sirve

No son útiles las falsas esperanzas

que se esconden en la sombra,

la promesa tan puntual

que núnca llega.

No me sirve

la valía tan obediente

la rabia que no sale de la cocina

la furia tan débil y el entusiasmo tan breve.

No sirve la exaltación tímida

el sabio que no se indigna ante la injusticia

el maestro que enseña solo a ser pulcro

y la charla insípida.

Sirve el fuego que se levanta

y entrega su esencia hasta el crepúsculo,.

el que estudia todos los pasos

todas las estrategias.

El que repasa los caminos sirve

porque puede hacer los mapas

con peñascos y riscos

ríos y borrascas de miel.

No hacer ruido sirve

el silencio es arma insobornable

el alarde posible también

pero el mal hábito de la lengua no sirve.

Sirve la vida prodigiosa,

Hacerse dueño de la palabra

el combate aun sin victoria,

juntar las manos y las miradas

una canción con todas las voces

la confianza y el camino

la lucha, sirve.

Epístola

Te escribo porque lo eres todo,

un jardín de rosas/ de crisantemos /

dalias/ girasoles/ jazmines/

lirios y alcatraces/

un puente entre enemistades.

Eres una razón para estar loco,

un vivero de emociones latentes

una palabra mágica, una utopía

una llave entre suspicaces.

Algunos te confunden con el amor,

un bache donde todos caen,

nadie sabe que eres rebeldía,

un corazón valiente.

Eres poder, energía, alegría por vivir.

Eres creación, eres arte

un arbolito artificioso para amarte,

una esperanza, poema, canción,

manjar entre dos hambres.

El amor es fuego que hace llamarada

y cuando se apaga poco a poco

solo cenizas se lleva el viento,

se pierde la bisagra del movimiento.

En fin el amor es algo que existe

como una aflicción, una congoja, un fantasma

una quimera entre dos sombras,

un poder para ser,

amor.

Mírate

No quiero sembrar tu cuerpo,

de nada serviría savia existencia,

con tus manos mírate los senos

no son semillas de centeno.

Eres como la viña fecunda de verano

tus racimos madurando

pueden hacer temblar la tierra

si te siembran dando.

Mírate los senos

ya eres semilla madura

no quiero llevarte rosas a tu funeral

me da tristeza enterrar

tanta hermosura.

Mírate los senos

cántaros de miel.

Contraindicaciones

Si me quieres no me absorbas,

y si me absorbes entonces ámame,

si me amas, vete no quiero estar contigo;

pero si estoy contigo esclavízame,

no puedes ayudarme

sin lastimarme.

No me hieras, mátame completo

porque si vivo te quiero,

tu silencio como puñal solo hiere,

habla si quieres

o acábame y vete.

Y si en verdad me quieres no me absorbas,

solo ámame, quiérame, cautívame, lapídame

no me pidas que te quiera.

No me interpretes

No me interpretes,

no me reduzcas a tu mente

soy mucho más que eso,

soy como la obra de Milton o Shakespeare

no se puede reducir a un cuento

o a una canción.

La obra y la vida son irreductibles

a una opinión.

Siémbrame ideas si quieres

amplía mi desviación,

eres libre de torcer mi confusión

critícame sin lástima,

subraya tu desacuerdo

y márcame.

Háblame de ti en tu comentario

o apártate, si en mí

temes conocerte.

Me quede

Quería que no te fueras,

Que no quisieras

volver de donde viniste.

Que si te ibas

Quería que no volvieras,

Porque aunque no quieras

Te puedo querer sin verte

y en mi soledad amarte.

No quería que te fueras

o que mejor no me dijeras,

No sé si me quieres o amas

Tal vez solo encuentras

Lo que falta en tu alma.

Quizá llenas tus espacios vacíos.

Y no está mal, solo que tal vez no te haga falta

No sé si me quieres o si me amas

Pero tu olor me cura el alma.

Ya vuelve o nunca lo hagas

Y si te vas que sea para siempre

o nunca más te vayas.

Yo me quedo.

Lo he visto

Yo he visto al amor aprendiendo a volar,

balbucear sus primeras palabras

decir "te amo".

Lo he visto cobijarse con la lluvia de besos

bañarse con el rocío de la mañana

sonreír a las flores,

cantar su historia.

Lo he visto por las calles lucir sus corolas

de juventud completa

y junto a mi cama su primavera

encarnarse en mi alma.

Lo he visto con mis tersas manos

Cuando esculpo su figura

y mientras teje sus trenzas sobre mi cara

me dibuja con su aroma.

También lo he visto salir por la ventana

agitando sus alas sin retorno

regando sus recuerdos

y persiguiendo otro mañana.

Lo he visto encarnar en otra alma

canjeando la mustia calma

por aire nuevo de la montaña

abriendo nuevamente sus alas.

¿he visto al amor…?

Soledad

¡Oh! Silencio bendito

Soledad sola, amiga,

te extraño y no,

te quiero y pasas con el tiempo,

no hay forma en las ideas

en el sentimiento

Tú aquí,

Yo ahora.

Tus Alas

Añoro tus alas abiertas listas para el vuelo

En cada noche de luna, cielo.

Mi parcela está llena de aliento,

Apacible mies despiertan,

Danza y se agita el espeso bosque de tu pelo,

trinan las aves sus quimeras.

Tú, no llegas.

Aquí espero.

¿Cómo se hace un amanecer?

¿Cómo se hace un amanecer en invierno?

¿Lo sabes? ¿Podrías hacerme uno?,

solo uno, ¿quieres?

No importa que uses mi cuerpo

 y mis entrañas,

lo amases con tus labios y lo temples

Date prisa antes de que las hojas

de mi otoño caigan,

mi corazón se agita

le falta…

Brizna

Como creer la verdad que es mentira,

curar la terrible herida de no creerte.

Me asesinas cada vez que mientes

y ruegas que no me muera.

Como creer en lo que no existe

en la gloria que es una utopía,

En la necesidad vestida de amor

un sueño o fantasía.

Como resucitar entre las palabras,

Si tú me matas

cada vez que mientes.

Ya no lastimes mi cadáver

¿por qué me matas?

solo quería amarte.

Cayendo

La culpa no es mía ni de nadie,

como proyecto de colores llegamos todos

es nuestra la valía y creación quedarnos,

hacer realidad la esperanza y la fantasía

o dejar que la inercia te lleve entre sus manos.

Tú no estás conmigo,

Y echo de menos todo el tiempo perdido,

Los besos y abrazos olvidados.

Quizá estés feliz en tu mundo vacío,

como un cadáver frío

que han tardado en sepultarle.

Me cuesta trabajo esta caído

mirarme un poco desgraciado.

Eres flor

Mazorca madura eres

dadora de vida, esperanza amiga

.

Tu plumaje brillante y verdadero

envidia el cenzontle cuando surcas el cielo,

eres flor que no se marchita

jade del color que amo.

Hoy en la noche tañas tu atabal

Para despertar la pieza de amor

Que nos hace falta.

Sin ningún temor

Quiero abrazarte

hasta el alba y...

.

Me gusta

Me gusta embriagarme

Con el aroma de las flores,

Vibrar con el roce de sus pétalos.

Me estremecen sus olores y sabores,

Mi corazón quiere volar.

Mi alma se regocija en los rincones

Me gustan tus gemidos

Y canciones,

Me gusta.

Lo siento, lo pienso.

Lo siento, lo pienso y me arriesgo,

Es fácil decir te amo

aunque mi alma tiembla en el suplicio,

me da curiosidad que tú también me ames

Y me lo digas con tu silencio.

Me gustan las cosas del Tú-Yo

dejar que todo fluya sin preguntar,

Sin el ¿qué pasará si te alejas?

¿Si te vas mañana?

¿y si el corazón miente?.

Lo siento, lo pienso, me arriesgo

quiero robarte mil besos

aunque la duda me haga preso,

por tus besos y tus sueños

me arriesgo..

Lo siento, lo pienso, me arriesgo,

beber tus sueños y dejar los míos,

alimentarme solo de ti lo pienso

y que no me faltes quiero

y ¿si no es así?

Lo siento, lo pienso, me arriesgo,

acepto lo que me ofreces,

Quiero que seas mi sueño

Y si me faltaras acepto el riesgo.

¿Tú lo quieres?

Me basta eso…

Amor o cárcel

El amor no es cárcel,

cadenas de amargura, guerra o muerte.

El amor no tiene nada que ver con la suerte

es libertad y ternura.

Es el poder universal que une la existencia

y sana, es la verdad, la belleza, la alegría,

es la valentía y la compasión

es melodía y canción.

El amor es conciencia universal,

Vibración que te eleva a Dios

Admirar toda forma de vida, es amor,

dedicarse a aliviar el sufrimiento

es precisión y elegancia

es movimiento-

El amor de vivir con entrega sin temor,

es experiencia, es realidad,

nadie puede amar si no está hecho de amor,

no se puede hablar de un lugar donde no se ha ido.

Cada quién tiene su camino y su pasaje

su punto de partida,

cada quién es artesano de su viaje.

Ser amable e indulgente en el camino

es una opción envidiable,

el que ama es devoto de la verdad,

la verdad es la experiencia más poderosa

para conquistar la gloria y felicidad.

La gloria es la iluminación del alma

y el alma es la totalidad,

lo demás viene adjunto.

Discreto

El invierno cambia de color,

el farol de la esquina asombra ,

quiere andar tu risa,

pintar tu mapa en la noche,

andar tu cuerpo, andar tu sombra,

el camino secreto,

agazapado quiero dibujar tu sueño,

tu danza, respirar tu aliento

guardar la espera

discreto.

... y si?

Y si nada tuviera sentido?

Si llorar y afligirse no fuera posible?

y si en vez del odio llegara el amor

y si la desgracia fuera alegría.

¿Cómo sería la vida sin amor?

Si el dinero se depositara en los basureros

y la guerra sirviera para algo

si nada muriera en la tierra

y la poesía no existiera.

¿Cómo sería mi amor?

Si cada quien tuviera acceso al cosmos

y Dios nos prestará su nave,

si el diablo trabajara mucho

en vez de andar de diablo.

¿Cómo sería la vida?

Como serías tu mi amor?

Y si...?

Soltar y perdonar.

Quizá esta sea la última vez que nos vemos
he entendido mi dolor por los apegos
amigos y personas que amo.

No tengo por qué cambiarlos,
aunque sus actos lastimen, serán perdonados
y más allá del tiempo y la distancia
mi amor perdurará en ellos.

Mientras tanto, seguiré soñando mis sueños
para ser esa persona que quiero
ser feliz y ayudar a los otros a serlo
aun cuando ya solo tenga
mis últimas fuerzas
y aliento.

Darse cuenta

El darse cuenta no es un proceso lineal

Es un paso a la luz y la vida

en la oscuridad no se ve la salida

es difícil el contacto.

La vida no es otra cosa que experiencia

pero si no nos damos cuenta,

y bailamos una "chilena" sin conciencia

la auto— ingratitud nos pondrá la pieza.

La naturaleza humana es un proceso,

nos abraza el movimiento.

No se puede dar dos veces el mismo beso,

El mismo abrazo, el mismo aliento.

Somos el vaivén de este peso,

En cada oscilación nos transformamos,

somos un manantial de posibilidades,

viene más si nos amamos.

Nadie necesita cambiar.

La paradoja es simple,

no se necesita hacer nada

Sé simplemente lo que eres,

No te esfuerces por mostrar

Lo que no eres.

Deja tu crueldad contigo mismo.

Es más fácil ser lo que se es,

No es necesario otro oficio.

Somos potencialidad divina

nuestra esencia no está predeterminada,

somos arquitectos de nuestra propia vida

y de nuestra partida.

Lo genuino permite el contacto

Saber que el otro es diferente,

y experimentar el encuentro

es posibilidad inteligente.

Umbral

Te vi pasar como rayo de luz

que cruza la sombra serena de mi vida,

la imposibilidad moribunda en el abismo se perdía,

en su lugar dos corazones, dos almas prendían,

Deslizándose entre la sombra,

como audaces felinos, temerosos del pecado,

de la vista, del pasado.

Confundido te seguí hasta el ocaso,

Sediento, ansioso, agitado y loco,

sin tregua al sueño, abrí el mapa de tu cuerpo,

ahí estaba la ruta que me llevó al abismo,

y me dejé caer desde el crepúsculo hasta el alba,

sin importar que mis vertebras

se cocieran en pedazos

en el fuego de tu alma,

ahora dejo que hagas tu quehacer

para quedarme en calma.

Letargo

Porque eres pueblo te quiero,

 pero con solo amor no resisto,

me aburre tu letargo, el sopor,

 la inercia maldita,

 tu andar prefiero insisto.

Domar mucho la paciencia te vuelve imbécil,

le hace falta calor la calma,

el amor muere si falta energía

y el fusil del alma sufre de melancolía.

No es delito robarse un beso,

asaltar el amor a las once de la noche

en pleno estado de sitio,

aunque por ello te lleven preso.

y…

Lágrimas

Olvide mis lágrimas en el portal de tu casa,

no tengo para llorar tu partida,

mi sentir quedo debajo tu almohada ese verano

cuando se eclipsaron nuestros sueños,

no puedo sentir, no quiero.

Si acaso piensas que estoy llorando,

Si lo estoy y no son lágrimas por tí,

Son lágrimas por mi

Por mi antigua desvalía.

Te amo tanto todavía

Y sé que sin ti puedo seguir,

era una falacia desmedida

creer que sin ti no puedo vivir.

Si algún día de amor quieres llenarte,

ven conmigo, te regalaré mis brazos,

te llenaré de besos, de cariño, de calor,

 hasta saciarte.

Si me buscas y no me encuentras,

no es necesario que llores,

ni corras al jardín por flores.

Será que no llegaste y en esa larga espera,

mi corazón murió del calor

que lo privaste.

Un poco de valía

He ahí la majestuosa montaña,

la colina coqueta que te incita,

el lugar donde nace la vida,

erótico aroma sin medida.

¡He! ahí la felicidad perdida,

la humedad de la risa controlada,

Tranquilidad y paz sin siesta,

he ahí la montaña, el amor, la fiesta,

hace falta un poco de valía.

¡He! ahí la luz que viene del cielo,

la estrella que te toca,

el cielo azul, tus ojos, tu boca,

el tierno manto que te cubre,

el aire y el agua que trae la vida.

No dejes que huyan como enjambres

tus despavoridas emociones,

que vuelen con el aire tus rojos pétalos

Sin música, sin canciones.

Deja que beba el polen de tu flor,

Que florezcan tus pasiones

y tu amor.

Coge un poco de valía

Camina y disfruta tu danza

el amor requiere valentía.

Deja el pasado y vive aquí y ahora.

deja la arrogancia y tu proceder taimado,

No te olvides de ti, no te abandones

un poco de valía te ha faltado.

Ya no grites ¡nadie me ha amado!

¡He! ahí la vida, esperándote con paciencia,

para que te vincules con ella,

dale un poco de tu aliento,

date cuenta.

Las cadenas, los temores infundados,

los fracasos o las penas, la ira,

los reproches, el rencor acumulado,

con un poco de valía

al vertedero puedes arrojarlos.

Con valía. ¡disfruta la vida!

.

Aquel día.

Aquel día descubrí a mi propio rival,

culpable de todas mis calamidades,

no eran más que mis debilidades

y en estos vi la oportunidad,

de aprender y superar.

Aquel día dejé de tener miedo a perder,

empecé a tener miedo a no ganar,

me di cuenta, que no era el mejor,

tal vez nunca lo fuí, pero soy un triunfador.

Aquel día conmigo me encontré,

supe por vez primera,

que soy una persona maravillosa,

y conmigo me quede.

Deje sin importancia el que dirán,

quién gane o pierda,

lo que digan de mi historia

de buscar quien me quiera.

Cada día elijo ser mejor persona

aprendí que lo difícil es fácil,

caminar y avanzar es mejor

que quedarse echado.

Las dificultades son retos de vida,

oportunidades de aprender

aceptarlas con valía.

el éxito no es llegar algún lugar

si no saber la estrategia

para cuando quieras llegar.

Ilusión

Me parece, me imagino
voy haciendo mi camino.
Una idea un pensamiento
una creencia, un cuento.

Lo aprendi en otro momento
ahora asi vivo y siento.
Sin saberlo voy ganando
frustración y ofuscamiento.

Todo es y nada es cierto
es una bonita ilusión
maquillada por mi pensamiento.

Asi cada quien forja su camino
Ilusión o realidad.
No hay suerte ni el destino
es la ccionn y voluntad.

Vivir cuesta la muerte

El riesgo de vivir es que vamos a morir

y arriesgarse es algo maravilloso

El primer riesgo fue nacer,

El segundo fue crecer

Dar los primeros pasos,

Luego en la adolescencia los abrazos

Después los conciertos y fracasos

En cada experiencia se gasta la vida

La vida está hecha de experiencias

Quien no vive no tiene experiencias

Y viceversa.

No importa si fuiste planeado o deseado

Todos fuimos arrojados

Unos con mayor fuerza que otros

Pero al fin votados.

Deja la cuenta regresiva, ponte a caminar

Llega a muchos sitios para disfrutar

Sacude el río de tus ojos

vive la vida y ponte a cantar.

No te quedes en el mismo lugar

Arriésgate para ser feliz

El fin seguro va a llegar

No necesita tu ubicación ,

donde estés te va a encontrar.

Grita ¡venga vida, vamos a gozar!.

Si nadie te condujo hasta aquí

Significa que puedes caminar,

Que no duerman tus pasos

que puedes amar,

puedes volar como el viento

Que es fácil triunfar.

Vivir cuesta la muerte.

En ti hay poder para crear y crecer

En ti está la llama de la iluminación

La responsabilidad de ser, hacer y tener.

Todos estamos en el laberinto,

No importa que Dios tengas,

El punto de llegada es el mismo.

.

Por eso si vas sin sentido

Es probable que pronto te encuentre.

Con todo su amor te lo resuelve.

Vivir cuenta la muerte.

Amiga

No sé si lo que por ti hago,

es lo que tengo que hacer,

te tomo de la mano y te acerco a tu fe.

Te cuido con amor,

te abrazo cuando sufres,

te hago sonreír y te comparto mis alegrías.

Te escucho sin decir lo que necesitas hacer,

te animo para que tus sueños

y metas hagas realidad.

Te extraño y pienso en ti si no estoy contigo,

sueño contigo y te ayudo a triunfar,

me desvivo para que estés bien,

y escribo un poema para tí.

Tal vez mañana, solo tal vez,

me convierta en un ángel de tu fe.

ElfeEltant

La vida

Es el don más preciado,

lo único valioso realmente

el tesoro más hermoso

e intransferible.

Sólo en vida podemos ver,

Sólo en vida podemos escuchar,

reír y llorar, sufrir y gozar.

Sólo en vida podemos pensar,

luchar y vencer.

Por eso, amo la vida,

no para ver y callar,

Si no para reír y gozar,

¡quiero la vida!

Amo la vida,

Porque es la forma más acabada

De inteligencia universal.

Somos criaturas frágiles,

extraordinariamente hermosas,

somos como las rosas

que un vendaval fácil nos destroza.

Y nos deja tirados en el suelo.

Por eso mi amor ofrezco al universo

Mi corazón a todo lo que siento

A ti …Vale

¡qué evento! La vida.

Creencias

Que tus creencias no se conviertan

En cadenas que te aten,

Que te limiten vivir

Que te esclavicen.

Que tus creencias no seas bisagras

Que te cierren la puerta del amor

Que aprisionen el éxito

La felicidad y los sueños.

Para que creencias que no ganan

¡Ven! Abraza la esperanza,

Toma mi mano y vuela

 Como el águila.

Renace aunque duela

Vale la pena.

Lamento

Lamento ver la pobreza

y desesperación en los hogares;

ver los niños de la calle,

los ancianos mendigar.

Lamento este mundo sin alegría,

Sin paz ni tranquilidad,

Hace falta que haya corazones,

Que no apaguen sus emociones

y despierten la felicidad.

Lamento la ceguera,

La frialdad en la cumbre del poder,

La poca sensibilidad del hombre

Que tiene en sus manos resolver.

Aquí toda forma se lastima

Como se puede ver.

Lo lamento.

Elfego Eligio Cabañas. https://www.facebook.com/Eligiocab

Quisiera

Quisiera estar lejos de todo,

sin embargo, vienes a darme tu sabor,

que me empalagas el alma.

Quisiera que te fueras lejos

y me empeño en retenerte.

Quisiera que me dijeras adiós

sin embargo, te pido que pronto vuelvas.

Quisiera olvidarte por Dios

pero te veo en mi sueño si estoy dormido

y ese tu profundo gemido

me confunde el pensamiento.

Mi razón dice por favor vete

y las células de mi cuerpo vibran

porque ya quieren verte.

Estima

Yo soy exactamente desigual a todos,

no lo sabía, creí que éramos iguales,

pero afortunadamente soy único

y solo a mí me pertenezco.

Únicamente mío, es mi cuerpo, mi mente,

 ideas, mis ojos, mis imágenes,

mis sentimientos, la ira, la alegría y frustración,

el amor, mis fantasías, los sueños y esperanzas,

lo temores y añoranzas

solo a mí me pertenecen.

.

Así me reconozco y me quiero.

Todas las cosas de mí me gustan,

Y si quiero cambiar, puedo cambiarlas,

Me reinvento me quiero

Y me amo. Yo existo. Yo vivo.

,

Afortunados

Que fortuna estar en este mundo
Con solo el potencial para hacernos,
Que fortuna es mirarte, saber de ti
Y reconocernos.

Es una bendición poder respirar
Admirar la luz, el sol, los colores
Degustar los aromas y sabores
Poder querer y amar.

Que fortuna es poder mirarte
amar lo que eres, aceptarte,
Nunca montes un caballo muerto.
Que fortuna es ser libre
y amarme…

Necesidad

Mía o de otro, me di por entero

Sin saber si serías mía,

si serías mi Reina o si eras Reina ajena,

no me importó si aquel montón de besos eran míos

o los guardabas para el de quíín ya eres Reina.

Me acerqué dichoso hasta tu pecho,

Con solo mi amor y mis deseos,

Quería ahogar entre tus brazas mis temores,

Y sujeto a tu cintura me di por entero.

Sin preguntar si también serías mi Reina

lo di por hecho y me entregué a ti

sin ningún protocolo ni secreto.

Atado a la añoranza de tu presencia

Mi centro le hace falta tu suave canto,

tu nombre, tus caricias, tus besos,

tu voz, tu risa, tus fantasías,

tus encantos.

En mi mente y mi corazón

Tengo tatuado tu nombre y tu canción.

Quiero recordarte así por siempre

Aunque no me asista la razón.

Adonde quiera que te encuentres

Llegará mi energía y bendición

te amo Reina mía o ajena.

Eres

Eres como la tierra

que me tiende su mano

y me regala su aroma

cuando se baña.

Maestra eres cuando pares,

madre cuando enseñas

no sólo el alfabeto

si no a caminar por la vida.

Quizá fuiste esposa o amante

quizá eres mujer

hija, novia, estudiante

quizá seas…

Tu vientre

.... en mis noches de insomnio,

estás dando vueltas en mi memoria

como torrente sin cauce,

danzando entre sombras,

escenarios silenciosos.

y tu vientre estallando

frente a mis sueños.

Alma desnuda entregada en ofrenda,

deslizándose suplicante

entre mis sábanas inermes y tibias,

entre cantos y pequeños susurros,

evocadores de pasión y amor.

y tu vientre estallando esta

frente a mis sueños.

Creyente

Cuando te veo te creo,

si me abrazas y besas sospecho de ti/

cuando estás conmigo te siento lejos/

y me doy cuenta

pero no quiero saberlo.

Si no te veo te busco

y si te encuentro me escondo/

te quiero encontrar pero me alejo

y más te quiero

más te busco.

Eres poesía cuando callas,

proyectil caliente que hiere,

eres un poema si te tengo,

sable fuerte si no quiero.

Eres soledad que no merezco,

Distancia, tiempo,

paz que no encuentro,

sin embargo, te quiero.

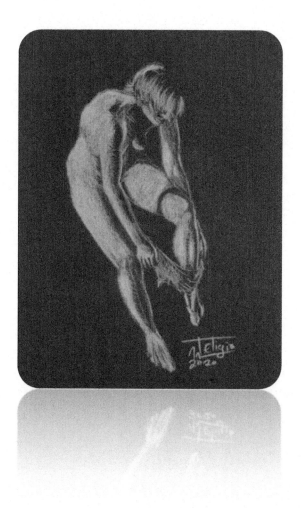

Elfego Eligio Cabañas. https://www.facebook.com/Eligiocab

Enlaces de contacto con

Elfego **E**ligio **C**abañas

Instituto **U**niversitario de **Psicología** y **Educación** **I**ntegral. **IUPSEI**

Centro de Psicoterapia y Alphabiotismo Quántico.

Email:

eligioc590@gmail.com

El Vivir es un Poema.Sanar al Amor con el Amor

2 de octubre de 2021

AGRADECIMIENTO

Quiero agradecer de manera muy especial a todas las personas abajo relacionadas, quienes me animaron, me motivaron y amablemente me hicieron comentarios y estuvieron atentos durante el proceso. A mis compañeras y compañeros, a mis familiares y amigos, a mis alumnos del Instituto Universitario de Psicología —IUPSEI-- que desinteresadamente contribuyeron hacer realidad uno de mis sueños: el alumbramiento de este libro. Gracias, Gracias, Gracias:

Maestro Francisco Navarro Lara y familia.

Pablo Catalan Pereda

Tlalok Eligio Gonzalez

Olin Fernando Romano Hernández

Paola Cabañas Martinez

Emily Eligio Cabañas

Catalina Avalos Solorio

Gracias por su valioso apoyo.

Made in the USA
Middletown, DE
19 February 2022

61266109R00086